AF290506

Peter und Sam
Mein Herz ist undercover

Alisa Kevano

© 2023
likeletters Verlag
Inh. Martina Meister
Legesweg 10
63762 Großostheim
www.likeletters.de
info@likeletters.de

Autorin: Alisa Kevano
Bildquelle: Midjourney

ISBN: 9783946585640

Teilweise kam für dieses Buch künstliche Intelligenz zum Einsatz.

*Dies ist eine frei erfundene Geschichte.
Ähnlichkeiten mit real existierenden Perso-
nen sind zufällig und nicht beabsichtigt.*

Inhaltsverzeichnis

Kapitel 1

Matthew Harper saß in dem kleinen, unauffälligen Café, das er und Lena oft als ihr «Büro» bezeichneten. Seine Finger spielten nervös mit dem abgeblätterten Rand der Kaffeetasse.

Er starrte auf die Linien seiner Notizen, die auf dem Papier vor ihm tanzten, doch seine Gedanken waren weit entfernt.

In seinen frühen Dreißigern, mit einem leicht zerzausten Haarschopf und durchdringenden Augen, die mehr Geschichten erzählten, als er je aufschreiben könnte, war Matthew ein Mann, der gelebt hatte. Er hatte sich als Journalist einen Namen gemacht, indem er die unbequemen Wahrheiten ans Licht brachte, doch diese nächste Mission fühlte sich anders an. Gefährlicher.

«Also, bist du bereit?», unterbrach Lena seine Gedanken. Ihre braunen Augen funkelten mit einer Mischung aus Sorge und Abenteuerlust.

Matthew sah auf und versuchte ein Lächeln. Lena Kowalski, seine engste Vertraute, Fotojournalistin und Weggefährtin durch dick und dünn. «Ich weiß nicht, Lena. Das ist nicht wie die anderen Geschichten. Es geht nicht nur um einen Artikel. Es geht um Leben und Tod.»

Die Erinnerungen an seinen letzten großen Fall, bei dem er knapp einer Bedrohung entkam, huschten über sein Gesicht. Lena ergriff seine Hand über dem Tisch. «Du machst das, weil es wichtig ist, Sam. Weil niemand sonst es tun würde.»

Lena nannte ihn, wie alle seine Freunde, bei seinem zweiten Vornamen, Samuel. Er nutzte diesen Namen auch, wenn er unerkannt bleiben wollte.

Er nickte langsam. Es war mehr als nur journalistische Neugier, die ihn trieb. Es war die Erinnerung an seinen Bruder, der vor Jahren in der Welt der Kriminalität verschwunden war. Eine Welt, die jetzt vor Sam lag, versteckt in den Schatten der Stadt.

«Ich habe Nachrichten von Jessica bekommen», sagte Sam und zog sein Smartphone hervor. Jessica Chen, ihre Redakteurin, war die treibende Kraft hinter dieser Mission. «Sie sagt, dass es jetzt oder nie passieren soll. Die Gang wird misstrauisch, wenn wir zu lange warten.»

Lena nickte. «Dann ist es entschieden. Du gehst rein und findest heraus, was da drin vor sich geht. Ich wünsche dir viel Erfolg.»

Sie sprachen weiter über die Details der Mission. Sam würde sich als jemand ausgeben, der neu in der Stadt war und nach Möglichkeiten suchte, schnell Geld zu machen.

Als Sam das Café verließ, fühlte er ein Gewicht auf seinen Schultern. Es war eine Mischung aus Angst, Verantwortung und einem Funken Hoffnung. Hoffnung, dass er vielleicht einen Unterschied machen konnte. Hoffnung, dass er vielleicht einen Weg finden könnte, seinem Bruder zu helfen, wo immer er jetzt war.

Die späte Abendsonne warf lange Schatten auf die verlassenen Lagerhallen am Stadtrand. Sam stand abseits, lehnte an einer rostigen Metalltür und beobachtete die Gruppe junger Männer, die sich um ein paar Motorräder versammelt hatten. Sein Herz schlug schnell, aber er zwang sich, ruhig und gelassen auszusehen.

Diego Santos, ein jüngeres Gangmitglied, bekannt für seine impulsiven Entscheidungen und sein aufbrausendes Temperament, stand im Zentrum der Gruppe. Sam hatte sich ent-

schieden, über ihn einen Zugang zur
Gang zu finden.

«Hey, Mann, kannst du mir sagen, wie
spät es ist?», rief Sam, als Diego sich
entfernte.

Diego drehte sich um, sein Blick misstrauisch. «Hast du kein Handy oder
was?»

«Der Akku ist leer.», antwortete Sam
und hob sein Smartphone als Beweis
hoch. «Bin neu hier in der Stadt.»

Diego musterte ihn einen Moment,
dann sagte er: «Fast zehn. Was machst
du hier draußen alleine?»

Sam zuckte mit den Schultern. «Suche
nach Möglichkeiten. Höre, man kann
hier schnell was verdienen, wenn man
die richtigen Leute kennt.»

Ein halbes Lächeln erschien auf Diegos
Lippen. «Vielleicht … Wer bist du überhaupt?»

«Mein Name ist Sam. Und du bist?»

«Diego.» Er trat näher. «Du willst also
Geld machen? Was kannst du?»

«Was immer nötig ist», antwortete Sam, seine Stimme fest.

In diesem Moment trat eine junge Frau aus dem Schatten einer nahen Halle. Sie hatte eine entschlossene Haltung und beobachtete die Szene mit scharfen Augen. Es war Mia Rodriguez, zweite Hand des Anführers.

«Wer ist der Neue?», fragte Mia, ihre Stimme war misstrauisch, aber interessiert.

«Er sagt, er ist Sam. Sucht Arbeit», antwortete Diego und sah Sam prüfend an.

Mia trat auf Sam zu, ihre Augen fixierten ihn. «Du siehst nicht aus wie einer von uns. Was ist deine Geschichte?»

Sam hielt ihrem Blick stand. «Habe meinen Job verloren. Brauche Geld. Hörte, hier könnte ich welches finden.»

«Wir sind keine Wohltätigkeitsorganisation», erwiderte Mia kalt.

«Ich will auch keine Wohltätigkeit. Nur Arbeit», sagte Sam.

Diego nickte. «Vielleicht können wir was arrangieren. Komm morgen Abend wieder hierher.»

Sam nickte und machte sich auf den Weg, aber Mia rief ihm nach: «Pass auf dich auf, Sam. In unserer Welt überleben nicht alle Neuen.»

Als Sam sich entfernte, fühlte er, wie das Adrenalin in seinen Adern pulsierte. Der erste Schritt war getan, aber er wusste, dass der schwierigste Teil noch bevorstand.

Er musste das Vertrauen der Gang gewinnen, ohne seine wahren Absichten zu offenbaren. Eine gefährliche Gratwanderung, die gerade erst begonnen hatte.

Diego und Mia grinsten einander an.

«Der hat dir das voll abgekauft, Mia», sagte Diego lachend.

Kapitel 2

Sam stand im Halbschatten einer verlassenen Lagerhalle. Die Atmosphäre war erfüllt von einer Mischung aus Anspannung und Routine. Heute Nacht würde er seine erste «Lieferung» für die Gang machen, ein entscheidender Schritt, um sein Engagement unter Beweis zu stellen.

Neben ihm stand Diego, ein jüngeres Gangmitglied, dessen Lederjacke im schwachen Licht glänzte. «Nervös?», fragte er mit einem schiefen Grinsen.

«Ein bisschen», gab Sam zu, sein Blick auf den Van gerichtet.

«Das legt sich», erwiderte Diego, klopfte Sam auf die Schulter und führte ihn zum Van. «Heute Abend zählst du zu uns.»

Als sie die Kisten in den Van luden, stellte Sam fest, dass sie mit Lebensmitteln und Kleidung gefüllt waren.

«Was ist das?», fragte er, seine Stirn in Falten gelegt.

«Für das Gemeindezentrum», erklärte Diego. «Wir versorgen sie mit dem Nötigsten. Essen, Kleider, manchmal Spielzeug für die Kinder.»

Sam war verwirrt. Sagte Diego ihm absichtlich nicht, was wirklich darin war?

Zurück in der Basis wurde er Zeuge einer Diskussion zwischen Carlos, einem älteren und respektierten Mitglied und einigen anderen. Sie sprachen über die anstehenden Vorbereitungen für das Straßenfest. Sam lauschte, halb erwartend, dass nun die wahren, kriminellen Pläne enthüllt würden. Doch die Diskussion drehte sich wirklich nur um das Fest – um Essensstände, Musik und Spiele für Kinder.

Später am Abend unterbrach ein aufgeregtes Gangmitglied die Ruhe. «Die Bullen haben den Jugendclub hochgenommen!» Die Nachricht verbreitete Unruhe.

Shadow, der Anführer, trat vor. «Ruhe, Leute. Wir haben nichts zu verbergen. Unser Ziel ist es, der Gemeinschaft zu helfen, das ist alles.»

Sam beobachtete, wie Shadow die Menge beruhigte, und spürte, wie seine bisherigen Annahmen ins Wanken gerieten. War es möglich, dass er die Gang und ihre Absichten völlig falsch eingeschätzt hatte?

Sam saß in einem dunklen Raum, umgeben von flüsternden Schatten. Die Luft war schwer von Zigarettenrauch und angespannten Erwartungen. Heute Abend würde er Teil einer geheimen Besprechung der Gang sein, ein entscheidender Moment in seiner Mission. Er lauschte den Gesprächen, die um ihn herum stattfanden. Es ging um Lieferungen, Territorien und Rivalitäten.

Sam notierte sich mental jedes Wort, jede Andeutung, die ihm nützlich sein könnte.

Mia, die neben Shadow stand, warf Sam einen kurzen, durchdringenden Blick zu. In den letzten Wochen hatte sich eine Art stillschweigendes Verständnis zwischen ihnen entwickelt. Er respektierte ihre Stärke und ihren scharfen Verstand.

Später in der Nacht, als Sam durch die verlassenen Straßen ging, vibrierte sein Handy.

Es war Jessica. «Wie läuft es, Sam? Gibt es schon etwas, das wir verwenden können?», fragte sie, ihre Stimme klang besorgt, aber nicht drängend.

Sam hielt inne, sein Atem bildete kleine Wölkchen in der kalten Nachtluft. «Es gibt Fortschritte, aber es ist kompliziert. Ich muss vorsichtig sein, um nicht aufzufallen.»

«Verstehe», sagte Jessica nachdenklich. «Pass auf dich auf, Sam. Wir brauchen dich da draußen.»

«Werde ich», antwortete Sam und legte auf. Jessicas Anruf erinnerte ihn daran, warum er hier war, aber auch an die Gefahren, die mit seiner Aufgabe verbunden waren.

Am nächsten Tag, als Sam sich in einem der hinteren Räume der Gang aufhielt, hörte er zufällig ein Gespräch zwischen zwei Mitgliedern mit. Sie sprachen leise, aber mit einer Dringlichkeit, die sein Interesse weckte. Es ging um eine bevorstehende Lieferung, die größer zu sein schien als alles, was Sam bisher miterlebt hatte.

Er verbarg sich im Schatten, sein Herz schlug heftig. Diese Informationen waren vielleicht nicht so konkret wie eine gefundene Datei oder Unterlagen, aber sie waren ein Hinweis auf etwas Großes.

Etwas, das möglicherweise der Schlüssel zu den tief verborgenen Geheimnissen der Gang sein könnte.

Sam prägte sich jedes Wort ein und verließ dann leise den Raum. Dies war eine entscheidende Information, aber er musste vorsichtig sein. Zu viel Wissen konnte genauso gefährlich sein wie zu wenig.

Kapitel 3

Unter der Brücke, begleitet vom konstanten Dröhnen vorbeifahrender Züge, stand Sam zwischen den Motorrädern der Gang. Sein Blick war konzentriert, als er mit geübten, fließenden Bewegungen an einem Motorrad arbeitete. Jedes Mal, wenn er eine Schraube festzog oder eine Einstellung vornahm, war ein Hauch von Zufriedenheit in seinem Gesicht zu sehen. Seine Hände, ölverschmiert und geschickt, bewegten sich sicher über die Maschine, während er gelegentlich innehielt, um sich eine Strähne aus der Stirn zu wischen. Trotz des Lärms und der Unordnung um ihn herum schien Sam in seiner eigenen Welt zu sein, in einer Welt der Ordnung und Klarheit, die er in der Mechanik fand.

Die Tür öffnete sich, und eine neue Gestalt trat ein. Es war Peter, ein Mitglied der Gang, das Sam bisher nur aus der Ferne gesehen hatte. Peters Präsenz war spürbar; er trug ein selbstbewusstes Lächeln und bewegte sich mit einer natürlichen Autorität. Peter hatte ein Paket dabei.

«Brauchst du Hilfe?», fragte Sam.

«Könnte nicht schaden», antwortete Peter mit einer Stimme, die tief und beruhigend klang. Er stellte das Paket ab.

«Ich bin Peter.»

«Sam», erwiderte dieser und reichte ihm die Hand.

Während sie zusammenarbeiteten, spürte Sam eine unerklärliche Verbindung zu Peter. Ihre Gespräche waren zunächst oberflächlich, doch mit jedem Wort, jedem Blickwechsel, fühlte Sam, wie sich etwas zwischen ihnen entwickelte – eine stille, aber starke Anziehung.

Peter lehnte sich an die Werkbank, während er eine alte Zündkerze in der

Hand drehte. Er sah Sam direkt an, sein Blick nachdenklich.

«Weißt du, die meisten Leute denken, dass das Leben in einer Gang nur aus Gewalt und Chaos besteht. Aber es gibt mehr als das.»

Sam, der gerade ein Werkzeug reinigte, hielt inne und sah Peter an. «Was meinst du?»

«Es geht um Loyalität, um Familie», fuhr Peter fort. «Ich kam hierher, als ich nichts und niemanden hatte. Die Gang… sie gab mir einen Platz, eine Identität.»

Sam spürte, wie sich seine Wahrnehmung von Peter langsam veränderte.

«Klingt, als hättest du viel durchgemacht.»

Peter lächelte schwach.

«Haben wir das nicht alle? Jeder hier hat seine Geschichte. Manche sind auf der Flucht, manche suchen Schutz, andere wollen einfach nur dazugehören.»

«Und du? Was suchst du?», fragte Sam vorsichtig.

Peter legte die Zündkerze beiseite und sah in die Ferne, als ob er in Erinnerungen versunken wäre.

«Ich suchte einen Ort, an dem ich stark sein konnte, anstatt schwach. Einen Ort, wo meine Vergangenheit mich nicht definiert.»

«Klingt, als hättest du ihn gefunden», bemerkte Sam.

«Vielleicht», antwortete Peter. «Aber manchmal frage ich mich, zu welchem Preis. Die Dinge, die man tun muss, die Entscheidungen, die man trifft…» Seine Stimme verlor sich.

Sam fühlte, wie sich ein Band des Verständnisses zwischen ihnen spannte.

«Wir alle haben unsere Dämonen, Peter. Manchmal ist es schwer, das Richtige zu tun.»

Peter nickte und blickte Sam wieder direkt an.

«Genau das ist es. Manchmal ist das Richtige nicht klar, und manchmal…» Er hielt inne, suchte nach Worten. «Manchmal ist das, was richtig ist, das Schwerste überhaupt.»

In diesem Augenblick verstand Sam, dass Peter mehr war als nur ein weiteres Mitglied der Gang. Er war jemand, der nach Bedeutung suchte, nach einem Platz in einer Welt, die selten Gnade zeigte. Und in diesem Moment fühlte Sam, dass ihre Schicksale auf seltsame Weise miteinander verbunden waren.

Er verließ die Werkstatt mit einem Gefühl der Zerrissenheit. Er war gekommen, um die Geheimnisse der Gang zu enthüllen, doch jetzt fand er sich in einem Netz aus Loyalität, Freundschaft und einer aufkeimenden Romanze, die sein Herz in zwei Richtungen zog.

In der Dämmerung des frühen Abends, als die letzten Strahlen der untergehenden Sonne die verwitterten Wände der Gang-Basis berührten, stand Peter ein Stück abseits der anderen. Er lehnte sich gegen die kühle Mauer, während seine Augen nachdenklich die Umtriebe der anderen Mitglieder verfolgten. Sie bewegten sich mit einer vertrauten Routine, ein Ballett des Überlebens auf den Straßen, das er so gut kannte. Doch seine Gedanken waren woanders, bei dem Mann, der unerwartet in sein Leben getreten war – Sam.

Sam, mit seinen fragenden Augen und seiner Art, die Welt zu betrachten, unterschied sich deutlich von allen, die Peter bisher kannte. In Sams Gegenwart fühlte Peter eine unerklärliche Ziehung, eine magnetische Anziehungskraft, die er nicht ignorieren konnte. Es war, als ob Sam eine Tür zu einem unbekannten Raum geöffnet hätte, einen Raum voller Fragen und unerforschter Gefühle.

«Er ist besonders», murmelte Peter leise, seine Stimme kaum mehr als ein Hauch im abendlichen Wind. «Aber kann ich ihm wirklich trauen?»

Die Frage hallte in seinem Kopf wider, vermischte sich mit den Erinnerungen an Geschichten von Verrat und Täuschung, die er zu oft gehört und erlebt hatte. Doch jedes Mal, wenn er in Sams Augen blickte, sah er eine Ehrlichkeit und Offenheit, die schwer zu leugnen war. Eine Ehrlichkeit, die ihm ebenso fremd wie anziehend erschien.

Peter schloss kurz die Augen, ließ die Geräusche der Stadt und der Basis über sich hinwegfließen. Das ferne Lachen, das Klirren von Flaschen, das gelegentliche Aufheulen eines Motorrads – all das war die Melodie des Lebens hier.

Ein Leben, das Peter kannte und in dem er seinen Platz gefunden hatte. Doch seit Sam da war, fühlte sich alles anders an. Verwirrender.

Als Peter seine Augen wieder öffnete, sah er in die Ferne, in den immer dunkler werdenden Himmel. Er wusste, dass eine Entscheidung anstand, eine Entscheidung, die über seine übliche Routine hinausging.

Sollte er sein Schutzschild fallen lassen, sich dem Unbekannten öffnen und Sam näherkommen? Oder sollte er sich zurückziehen, sich und die Gang schützen vor möglichen Enttäuschungen und Herzschmerzen?

Das Bild von Sams Lächeln tauchte in seinem Kopf auf – unbeschwert und ehrlich. Es gab Momente, da fühlte Peter sich seltsam verstanden, akzeptiert, als ob Sam eine Tiefe in ihm sehen konnte, die er selbst manchmal vergaß.

Dieser Gedanke ließ sein Herz schneller schlagen, eine Mischung aus Angst und Erregung.

«Ich muss vorsichtig sein», sagte Peter zu sich selbst.

Die Straße war kein Ort für Unachtsamkeit, und das Herz war ein noch gefährlicherer Spielplatz. Er wusste das besser als jeder andere. Doch trotz all seiner Vorsicht und seiner instinktiven Abwehr fühlte er sich unwiderstehlich zu Sam hingezogen.

Peters Gedanken drifteten zu den Tagen, als er selbst neu in der Gang war, voller Hoffnung und naivem Mut. Er erinnerte sich, wie er nach Zugehörigkeit gesucht hatte, nach einem Sinn in dieser chaotischen Welt.

Die Gang hatte ihm das gegeben, doch nun, mit Sam, begann er sich zu fragen, ob es noch mehr geben könnte. Mehr als das Überleben, mehr als die nächtlichen Straßen und die vertrauten Gesichter.

Er wusste, dass er nicht ewig in diesem Zwiespalt leben konnte. Die Entscheidung lag bei ihm – ein Schritt entweder in Richtung einer ungewissen Zukunft mit Sam oder ein Schritt zurück in die Sicherheit seiner bekannten Welt.

Peter atmete tief durch und spürte die kühle Abendluft in seinen Lungen. Egal wie er sich entschied, er wusste, dass nichts mehr so sein würde wie zuvor. Sam hatte bereits etwas in ihm verändert, hatte Fragen und Gefühle geweckt, die tief in ihm schlummerten.

Kapitel 4

Sam lehnte an der kühlen Mauer des Gang-Treffpunkts, sein Blick folgte den flüchtigen Schatten der vorbeiziehenden Mitglieder. Bei jedem Schritt, den er neben Peter tat, jedem Lachen, das sie teilten, und jedem Blick, den sie austauschten, schien seine journalistische Distanz wie Morgennebel im Sonnenlicht zu verblassen.

In solchen Momenten, wenn Peters Hand versehentlich die seine streifte oder wenn ein gemeinsames Schmunzeln über eine Bemerkung eines anderen Gangmitglieds ihre Augen zum Funkeln brachte, vergaß Sam die Welt außerhalb dieser Mauern, seine Mission, seine Verpflichtungen.

Alles, was zählte, war die Präsenz des Mannes neben ihm, dessen Lachen in ihm eine Wärme entfachte, die er nicht für möglich gehalten hatte.

Sie saßen zusammen auf dem Dach eines alten Lagerhauses, ihre Füße baumelten über den Rand, während sie den Sonnenuntergang betrachteten.

«Ich habe nie gedacht, dass ich jemanden wie dich hier treffen würde», sagte Sam leise.

Peter drehte sich zu ihm um, sein Blick nachdenklich.

«Das Leben ist voller Überraschungen. Manchmal sind sie gut, manchmal…» Er zögerte. «Manchmal bringen sie uns an Orte, von denen wir nie gedacht hätten, dass wir sie betreten würden. Und manchmal lernen wir Menschen kennen, deren Anwesenheit wir mehr zu schätzen wissen, als wir es je gedacht hatten.»

Sam blickte Peter in die Augen und lächelte.

«Ja, manchmal ist das so.»

Beide waren für einen Moment still.

Sam dachte an Lena und an Jessica - sie warteten auf Ergebnisse, die er vielleicht nie liefern konnte. Aber in diesem Moment, neben Peter, schienen diese Sorgen weit entfernt.

«Erzähl mir von deiner Vergangenheit», bat Sam.

Peter atmete tief durch. «Es ist keine glückliche Geschichte. Ich bin in einer Stadt ähnlich wie dieser aufgewachsen, aber das Leben war hart. Meine Familie…» Er stockte. «Ich habe sie früh verloren. Die Gang wurde meine neue Familie.»

«Ich verstehe», sagte Sam, während er seine eigenen Geheimnisse tief in sich verbarg.

Ein paar Tage später traf sich Sam mit Lena in ihrem üblichen Café. «Ich weiß nicht mehr, was richtig ist, Lena», gestand er. «Es ist alles so kompliziert geworden.»

Lena legte ihre Hand auf seine. «Du musst stark bleiben, Sam. Denk daran, warum du das tust.»

Aber Sam war sich nicht mehr sicher, ob er das noch konnte.

Die Nacht war kühl und der Himmel wolkenverhangen, als Sam und Peter sich auf eine Lieferung von Hilfsgütern für ein lokales Wohltätigkeitsprojekt vorbereiteten. Alles schien nach Plan zu laufen, bis plötzlich die Scheinwerfer eines heranrasenden Fahrzeugs ihre Aufmerksamkeit erregten.

«Verdammt, das sind nicht unsere Leute!», flüsterte Peter, während er blitzschnell reagierte und Sam hinter einen Container zog.

Sam spürte, wie sein Herz bis zum Hals schlug. Er erwartete das Schlimmste. Doch statt Schüssen erklangen nur laute Stimmen und das Geräusch von Menschen, die herumliefen.

Die Türen des Fahrzeugs flogen auf, und eine Gruppe von Jugendlichen sprang heraus, lachend und scherzend. «Hey, Peter! Wir sind hier, um zu helfen!», rief einer von ihnen.

Sam atmete erleichtert auf, immer noch angespannt von der plötzlichen Unterbrechung.

«Ich dachte schon…», begann er.

Peter legte ihm eine Hand auf die Schulter. «Keine Sorge. Manchmal sind die Jungs etwas übermotiviert.»

Während sie gemeinsam die Kisten mit Lebensmitteln und anderen Hilfsgütern entluden, fühlte Sam, wie sich seine Anspannung langsam legte. In der Interaktion mit den Jugendlichen und Peter sah er eine andere Seite der Gang – eine Seite, die sich um die Gemeinschaft kümmerte und jungen Menschen eine Richtung gab.

Als sie fertig waren und die Jugendlichen mit einem Dankeschön und Lachen davonzogen, standen Sam und Peter einen Moment still da. «Das war nicht das, was ich erwartet hatte», gestand Sam.

Peter sah ihn an, ein Lächeln umspielte seine Lippen. «Es gibt noch viel, was du über uns lernen kannst, Sam.»

Während sie sich zurückzogen, schwieg Sam größtenteils, in Gedanken versunken. Später, allein in seinem Zimmer, ließ Sam die Ereignisse der Nacht Revue passieren. Seine Gedanken kreisten um Peter und die wachsende Verbindung zwischen ihnen.

Es war mehr als nur eine einfache Kameradschaft; es war ein Gefühl, das langsam aber stetig wuchs und ihn in unbekanntes Terrain führte.

Sam spürte, dass sich etwas in ihm veränderte. Seine Mission, die anfangs klar und geradlinig erschien, verkomplizierte sich zunehmend durch diese neuen, unerwarteten Emotionen.

Er begann zu erkennen, dass seine Entscheidungen nicht mehr nur ihn selbst betrafen, sondern auch Peter und die fragile Welt, die sie gemeinsam teilten.

Er wusste, dass er in einer Zwickmühle
steckte. Einerseits war da seine beruf-
liche Verpflichtung, die Wahrheit ans
Licht zu bringen. Andererseits fühlte er
eine wachsende Verbundenheit zu
Peter, die ihn zweifeln ließ. Es war ein
Konflikt zwischen seiner Rolle als
Journalist und den sich entwickelnden
Gefühlen für Peter, zwischen der Ver-
pflichtung zur Wahrheit und dem
Wunsch, das zu schützen, was sich zwi-
schen ihnen anbahnte.
Sam war sich bewusst, dass jede Ent-
scheidung, die er traf, Auswirkungen
haben würde. Sie würde nicht nur seine
Zukunft bestimmen, sondern auch die
Beziehung, die sich zwischen ihm und
Peter zu entwickeln begann.

Kapitel 5

In der Stille seiner kleinen Wohnung stand Peter regungslos am Fenster.

Seine Augen folgten den vereinzelten Lichtern der nächtlichen Straßen, während seine Stirn sich leicht in Falten legte. In der Spiegelung des Fensters war sein Gesichtsausdruck nachdenklich, beinahe verloren, als ob er versuchte, mit den Schatten der Vergangenheit zu kommunizieren, die sich in den tiefen Linien um seine Augen und den leichten Zucken an den Mundwinkeln widerspiegelten.

Er atmete tief durch, sein Atem beschlug kurz das Glas, und mit jedem Atemzug schien er tiefer in Erinnerungen zu versinken, die ihn in zwei Welten zogen – die Welt, in der er einst lebte, und die Welt, die er nun kannte.

Er erinnerte sich an die Tage, als das Leben noch einfach war, an das Lachen seiner Mutter und die Umarmungen seines Vaters. Aber diese Erinnerungen waren getrübt von den Schatten des Verlustes und der Trauer, die kamen, als er sie verlor.

Die Gang hatte ihm eine neue Familie gegeben, einen neuen Zweck, aber zu einem Preis, der manchmal schwer zu tragen war. Vielleicht sollte er über seinen Schatten springen und sich bei seiner Schwester melden?

In den letzten Wochen hatte sich etwas verändert. Sam war aufgetaucht, mit seinen fragenden Augen und seinem unerschütterlichen Sinn für Gerechtigkeit. Peter fand sich oft in Gedanken an Sam verloren. Er spürte eine Verbindung, die er nicht ignorieren konnte, auch wenn sie sein Leben komplizierter machte.

In einer stillen Nacht saß Peter auf dem Dach des Lagerhauses und dachte nach. «Er ist anders», murmelte er zu sich selbst.

«Wer ist anders?», erklang eine Stimme hinter ihm. Es war Mia, die sich zu ihm gesellte.

«Sam», antwortete Peter, ohne sie anzusehen. «Er bringt mich dazu, Dinge zu hinterfragen.»

Mia sah ihn nachdenklich an.

«Das ist nicht unbedingt schlecht, Peter. Manchmal brauchen wir jemanden, der uns herausfordert.»

Peter seufzte.

«Ich weiß. Aber es ist kompliziert.»

Später, allein in der Dunkelheit, reflektierte Peter über sein Leben und über Sam.

«Was will ich wirklich?», fragte er sich.

Die Antwort war nicht einfach, aber in seinem Herzen wusste er, dass Sam Teil dieser Antwort war.

In diesem Moment fasste Peter einen Entschluss. Es war Zeit für Veränderung, Zeit, ehrlich zu sich selbst zu sein. Was auch immer die Zukunft bringen mochte, er wusste, dass er bereit war,

für das zu kämpfen, was ihm wichtig
war.

Kapitel 6

Das dumpfe Dröhnen der Musik erfüllte die Luft in einem der versteckten Clubs der Gang. Sam bewegte sich durch die Menge, sein Blick stets wachsam. Er war hier, um Informationen zu sammeln, doch seine Gedanken waren woanders. Peters Nähe in den letzten Tagen hatte Sams Welt ins Wanken gebracht.

Plötzlich erstarrte er. Eine vertraute Gestalt am anderen Ende des Raumes zog seine Aufmerksamkeit auf sich. Es konnte nicht sein, aber es war wahr – sein Bruder Daniel stand nur wenige Meter entfernt, umgeben von einer Gruppe von Gangmitgliedern.

Sam fühlte, wie sein Herz schneller schlug. Er kämpfte gegen den Impuls an, sofort zu Daniel zu gehen. Stattdessen beobachtete er ihn aus der Ferne, ungläubig und verwirrt.

Daniel, den er seit Jahren nicht gesehen hatte, war hier, lebendig und offensichtlich ein Teil dieser Welt.

Daniel bemerkte Sam und ihre Blicke trafen sich. Für einen Moment schien die Zeit stillzustehen. Dann, fast unmerklich, nickte Daniel ihm zu und bewegte sich in Richtung eines Hinterausgangs. Sam folgte ihm, sein Herzschlag laut in seinen Ohren.

Im kühlen Schatten einer Gasse standen sie sich gegenüber. «Daniel…», begann Sam, aber Worte versagten ihm.

«Sam, ich kann es kaum glauben», erwiderte Daniel, sein Gesicht eine Mischung aus Freude und Schmerz. «Ich hatte gehofft, dich hier nie zu sehen.»

«Was machst du hier? Bist du…», Sam stockte, «bist du Teil der Gang?»

Daniel nickte langsam. «Ja, ich bin schon seit einigen Jahren dabei. Aber warum bist du hier? Das ist nicht deine Welt.»

Sam rang mit sich, wie viel er preisgeben sollte. «Ich… ich bin Journalist. Ich arbeite an einer Geschichte.»

Ein Funke von Verständnis blitzte in Daniels Augen auf. «Sam, das ist gefährlich. Du weißt nicht, worauf du dich hier einlässt.»

«Ich muss das tun, Daniel. Es gibt Dinge, die aufgedeckt werden müssen», erwiderte Sam entschlossen.

«Ich glaube, du siehst einiges falsch», sagte Daniel, klärte ihn aber nicht näher darüber auf, was er damit meinte.

Als sie sich schließlich trennten, war Sam noch verwirrter als zuvor. Daniel hatte nichts über seine Absichten verraten, und Sam wusste nicht, ob er seinem Bruder vertrauen konnte.

Zurück im Club suchte Sam Peter auf. Peter bemerkte sofort, dass etwas nicht stimmte.

«Was ist los, Sam? Du siehst aus, als hättest du einen Geist gesehen.»

Sam zögerte, aber dann entschied er, Peter die Wahrheit zu sagen. «Ich habe meinen Bruder getroffen. Daniel. Er ist Teil der Gang.»

Peters Augen zeigten ein leichtes Aufblitzen der Erkenntnis. «Daniel, ja. Ich habe von ihm gehört. Er ist in der anderen Abteilung unserer Gang, meistens in einer anderen Stadt unterwegs. Er hat den Ruf, loyal und zuverlässig zu sein, freundlich zu den anderen.»

Sam nickte, während sie sich in eine ruhigere Ecke des Clubs zurückzogen.

«Ja, das klingt nach ihm. Aber wir haben uns seit Jahren nicht gesehen oder gesprochen.»

Peter legte eine Hand auf Sams Schulter.

«Das ist eine unerwartete Wendung, aber wir werden damit umgehen. Du bist nicht allein, Sam.»

Sam fühlte sich durch Peters Worte gestärkt, doch in seinem Inneren brodelten Zweifel und Unsicherheit.

Daniel hier in dieser Welt zu sehen, warf neue Fragen und Bedenken auf.

Wie würde sein Bruder auf seine Anwesenheit reagieren? Würde er ihn verraten? Und was bedeutete das für Sams Mission?

Sam hatte eine äußerst unruhige Nacht. Er wälzte sich ein seinem Bett herum und konnte nicht richtig schlafen.

Die Wiederbegegnung mit Daniel war nicht nur ein Schock, sondern auch eine Offenbarung. Sie zeigte, dass seine Mission komplexer war, als er es sich jemals hätte vorstellen können.

Er freute sich, dass sein Bruder unversehrt zu sein schien. Er sah gut aus, hatte eine deutliche und klare Aussprache. Alkohol oder Drogen schienen ihm keine Probleme zu bereiten.

Sam musste nun über das Schicksal dreier Menschen nachdenken: seines eigenen, Peters und Daniels. Jede Entscheidung, die er traf, hatte das Potenzial, nicht nur sein Leben, sondern auch

das der anderen zu beeinflussen. Er
fühlte das Gewicht dieser Verantwortung schwer auf seinen Schultern.

Es war ein sonniger Morgen, als Sam und Peter den Auftrag erhielten, Vorräte für die Gang zu besorgen. Eine einfache Aufgabe, aber für beide eine willkommene Abwechslung zum sonstigen rauen Gang-Alltag.

Sie schlenderten durch die Gänge eines lokalen Supermarkts, ihre Einkaufsliste abarbeitend. Die Atmosphäre war locker, und sie fanden sich in einem leichten, unbeschwerten Gespräch wieder.

«Wusstest du, dass ich früher kaum kochen konnte?», sagte Peter, als sie an den Gewürzregalen vorbeikamen. «Habe es erst hier in der Gang gelernt.»

Sam lachte. «Ich bin immer noch kein Meisterkoch. Meine Spezialität ist es, eine Dose Ravioli zu öffnen und aufzuwärmen.»

Während sie weitergingen, streifte Peters Hand zufällig Sams. Beide zuckten kurz, aber ließen den Moment zu.

Es war eine kleine Berührung, aber sie elektrisierte die Luft zwischen ihnen.

Während sie nebeneinander am Café-Tisch saßen, schweifte das Gespräch von alltäglichen Belanglosigkeiten zu persönlicheren Themen.

«Weißt du, ich habe früher immer davon geträumt, weit zu reisen», sagte Sam, während er mit dem Kaffeelöffel spielte. «Einfach mal die Welt sehen, verstehst du?»

Peter nickte, sein Blick nachdenklich. «Ja, ich verstehe das. Ich wollte das auch mal. Aber dann…» Seine Stimme verklang. «Nun, das Leben hatte andere Pläne mit mir.»

«Welchen Ort würdest du am liebsten besuchen?», fragte Sam, neugierig geworden.

«Rom», antwortete Peter schnell. «Die Geschichte, die Kunst… es muss faszinierend sein.»

Sam lächelte. «Rom, hm? Das klingt nach einem Traum.»

Für einen Moment schweiften ihre Blicke ab, verloren in Gedanken an ferne Orte. Als sie sich wieder ansahen, lag ein Verständnis in ihren Augen, das über die Worte hinausging.

«Und du?», fragte Peter. «Wo würdest du hingehen, wenn du könntest?»

«Island», sagte Sam. «Die Landschaften dort… es muss wie von einem anderen Planeten sein.»

Sie lachten gemeinsam über die Vorstellung, und in diesem Moment fühlte sich Sam seltsam verbunden mit Peter. Es war, als ob sie für einen kurzen Augenblick aus ihrer aktuellen Welt entfliehen und in eine Welt der Möglichkeiten eintauchen könnten.

Während sie den Laden verließen, setzte sich das Gespräch fort, leicht und unbeschwert. Sie sprachen über Musik, Filme und sogar über Essen – all die kleinen Dinge, die das Leben ausmachten.

«Ich wusste nicht, dass du ein Fan von klassischer Musik bist», sagte Sam, überrascht von Peters Begeisterung für Chopin.

«Es gibt vieles, was du noch nicht über mich weißt», erwiderte Peter mit einem schiefen Lächeln.

Als sie sich schließlich voneinander verabschiedeten, spürte Sam eine Mischung aus Zufriedenheit und Vorfreude. Die Begegnung hatte mehr in ihm bewegt, als er zugeben wollte. Er fühlte sich zu Peter hingezogen, nicht nur wegen der gemeinsamen Erfahrungen in der Gang, sondern auch wegen der einfachen, menschlichen Momente, die sie geteilt hatten.

Kapitel 7

Das Treffen mit Shadow war für Sam mehr als nur eine formale Angelegenheit. Als er den Raum betrat, in dem Shadow wartete, spürte er die Intensität des Moments. Shadow, ein Mann mit einer Aura der Autorität und des Respekts, musterte Sam sorgfältig.

«Sam, ich habe viel über dich gehört», begann Shadow, seine Stimme ruhig und tief. «Erzähl mir, was bringt dich zu uns?»

Sam, sich der Brisanz der Situation bewusst, wählte seine Worte mit Bedacht. «Ich suche nach einem Neuanfang. Etwas, das mir einen Sinn gibt.» Er vermied es, zu viel von seiner wahren Mission preiszugeben.

Shadow nickte langsam.

«Wir alle suchen nach etwas. Ich hoffe, du findest hier, wonach du suchst.»

Das Gespräch wechselte dann zum bevorstehenden Gemeinschaftsprojekt, einer Initiative zur Renovierung eines lokalen Parks. Sam war überrascht, in ein solches Projekt einbezogen zu werden. Es war ein weiterer Beweis dafür, dass die Gang mehr war als nur eine Gruppe von Gesetzlosen.

In den folgenden Tagen arbeitete Sam eng mit Peter und anderen Gangmitgliedern zusammen. Sie planten, koordinierten und arbeiteten Hand in Hand, um den Park in einen lebendigen Treffpunkt für die Gemeinschaft zu verwandeln.

Während der Arbeit an dem Projekt fand Sam sich immer mehr im Zwiespalt zwischen seinen früheren Annahmen und dem, was er jetzt erlebte. Die Gang, die er die ganze Zeit für gefährlich und kriminell gehalten hatte, zeigte sich als eine Gruppe, die sich wirklich für das Wohl der Gemeinschaft einsetzte.

Peter war während dieser Zeit eine konstante Quelle der Unterstützung.

Ihre Gespräche wurden länger, ihre Blicke intensiver. Sam spürte, wie sich etwas zwischen ihnen entwickelte – eine Verbindung, die über Freundschaft hinausging.

Doch die Idylle wurde jäh unterbrochen, als ein Vorfall im Viertel die Gang in Misskredit brachte. Ein lokaler Laden wurde überfallen, und schnell wurden Stimmen laut, die die Gang dafür verantwortlich machten.

Sam, der sich inmitten dieses Chaos befand, fühlte, wie die Zweifel wieder aufkamen. Er war hin- und hergerissen zwischen seinem Wunsch, der Gang zu helfen, und seinem journalistischen Instinkt, die Wahrheit herauszufinden.

Während Sam durch die nächtlichen Straßen des Viertels ging, reflektierte er über die jüngsten Ereignisse. Der Überfall auf den Laden hatte nicht nur Unruhe in der Gemeinschaft ausgelöst, sondern auch Sams eigene Überzeugungen ins Wanken gebracht. Er war an einem Punkt angelangt, an dem er sich fragen musste, wem seine Loyalität galt.

Er dachte an die Gespräche mit Shadow, an die gemeinsamen Anstrengungen beim Aufbau des Parks und an die tiefere Verbindung, die er zu Peter aufgebaut hatte. Diese Erfahrungen standen im starken Kontrast zu den Anschuldigungen, die jetzt gegen die Gang erhoben wurden.

Sam wusste, dass er nicht einfach beiseitestehen konnte. Er musste herausfinden, was wirklich hinter dem Überfall steckte. War es ein gezielter Versuch, die Gang zu diskreditieren, oder gab es Elemente innerhalb der Gang, die er nicht kannte?

Entschlossen, Licht ins Dunkel zu bringen, beschloss Sam, seine eigenen Nachforschungen anzustellen. Er würde seine journalistischen Fähig-

keiten nutzen, um die Wahrheit aufzu-
decken. Gleichzeitig war ihm bewusst,
dass seine Entscheidungen nicht nur
ihn selbst betrafen, sondern auch die
Menschen, denen er inzwischen nahe-
stand – insbesondere Peter.

Die kühle Nachtluft umgab ihn, als Sam
weiterging, fest entschlossen, die Wahrheit ans Licht zu bringen, egal, welche
Konsequenzen das für ihn und seine
Beziehung zur Gang haben mochte.

Sam saß in der Ecke der Gang-Basis,
umgeben von dem leisen Murmeln der
anderen Mitglieder. Nach dem Überfall
auf den Laden hatte er begonnen, vorsichtig Gespräche mit verschiedenen
Mitgliedern zu führen, um mehr über
die Hintergründe zu erfahren.

«Hast du gehört, wer dahinterstecken
könnte?», fragte Sam leise, als er neben
Mia saß.

«Es gibt Gerüchte», antwortete Mia
zögerlich. «Manche sagen, es könnte
Thomas gewesen sein.»

«Thomas? Wer ist das?», hakte Sam nach.

«Ein ehemaliges Mitglied. Hat Ärger gemacht. Drogen und so. Erik und Peter mussten hart durchgreifen», erklärte Mia.

Später sprach Sam mit Diego.

«Thomas war wie ein Bruder für Erik, bis er die falsche Richtung einschlug», sagte Diego. «Er kam ins Gefängnis, nachdem Shadow und Thomas' Freund wegen einer Auseinandersetzung die Polizei rufen mussten. Er war total zugedröhnt und hatte eine Menge Drogen bei sich, die er verticken wollte. Sein Ex hat es mitbekommen und Shadow informiert, weil er nicht mehr weiterwusste.»

Diese Informationen ließen Sam keine Ruhe. Er musste mehr erfahren. Er entschied sich, Peter aufzusuchen.

«Peter, kannst du mir mehr über Thomas erzählen?»

Peters Gesichtsausdruck verfinsterte sich bei der Erwähnung des Namens.

«Thomas war einst Teil von uns, aber er hat uns verraten. Er ist eine dunkle Erinnerung, Sam.»

Während sie sprachen, trat Daniel, Sams Bruder, hinzu. Sein Blick war ernst.

«Thomas ist raus aus dem Knast», sagte er. «Ich bin mir sicher, er will sich an uns rächen.»

Die Information schlug ein wie eine Bombe. Sam erkannte, dass Thomas der Schlüssel zur Aufklärung des Überfalls sein könnte.

Daniel blickte Sam an.

«Komm mit, ich muss mit dir reden.»

Mit hängenden Schultern ging er voran. In der abgeschiedenen Ecke der Gang-Basis saßen Sam und Daniel zusammen. Daniel offenbarte, dass er und Thomas einst ein Paar waren – eine Beziehung, die ihn von seiner Familie und letztlich auch von Sam entfremdet hatte.

«Thomas war lustig und fröhlich, immer gut drauf. Ich war fasziniert von ihm. Er hat mich in diese Welt hineingezogen. Erst viel später merkte ich, dass er drogenabhängig war. Erik hat mir erzählt, dass er Thomas mehrmals in den Entzug schicken wollte, doch Thomas tat immer nur so, als ob ihn das interessieren würde. Er ging kurz hin und haute dann ab. Ich... ich habe ihn eine Zeit lang gedeckt. Glaubte ihm, als er sagte, er schafft es alleine. Er meinte, er hat genug Kraft, wenn ich an seiner Seite bleibe. Doch als er dann auch noch anfing, das Zeug zu verticken… », Daniel schluckte. «Ich konnte nicht anders. Ich musste ihn verraten.»

Sam war überwältigt von dieser Offenbarung. «Warum hast du mir das nie erzählt?», fragte er leise.

«Ich hatte Angst», antwortete Daniel. «Angst vor dem Urteil und davor, dich zu verlieren. Und doch habe dich verloren, indem ich dich von mir gestoßen habe.»

«Daniel...», Sam räusperte sich. «Du hast mich nicht verloren. Ich bin immer für dich da.»

Die beiden Brüder umarmten sich.

Nachem Sam mehr über Thomas und dessen Einfluss auf Daniel erfahren hatte, spürte er eine Mischung aus Mitleid und Frustration.

«Wir müssen die Polizei rufen, Daniel. Sie sollen klären, ob Thomas dahinter steckt.»

Daniel schüttelte den Kopf.

«Ich kann ihn nicht schon wieder verraten. Es ist ja noch nicht einmal sicher, ob er überhaupt etwas damit zu tun hat. Ich möchte ihn zuerst sprechen. Vielleicht finde ich Zugang zu ihm und kann ihn von seinen Rachegedanken abbringen.»

Sam und Daniel suchten Peter auf und erklärten ihm die Situation. Peter, besorgt um ihre Sicherheit, bestand darauf, sie zu begleiten.

«Wir gehen das gemeinsam an», sagte er.

Die drei Männer fanden Thomas in einem verlassenen Lagerhaus, umgeben von den Spuren seines abgerutschten Lebens. Dieses Lagerhaus hatte er bereits früher mit Daniel öfter aufgesucht.

Zögerlich ging Daniel auf Thomas zu. Er streckte seine Arme nach ihm aus, doch Thomas wich zurück, sein Gesicht verzerrt vor Zorn.

«Thomas… es tut mir leid», flüsterte Daniel.

Dieser spuckte Daniel vor die Füße.

«Warum hasst du mich so sehr?», fragte Daniel.

Thomas' Antwort war ein Gemisch aus Verzweiflung und Verbitterung.

«Weil ich verraten wurde. Von dir, von
Erik, von allen.»

Sam beobachtete das Aufeinandertref-
fen, voll Mitgefühl. Trotzdem fragte er:
«Hast du mit dem Überfall zu tun,
Thomas? Willst du dich rächen?»

Thomas' Augen blitzten auf, dann
senkte er den Blick. «Ja», gestand er
leise. «Ich wollte ihnen wehtun, so wie
sie mir wehgetan haben.»

Thomas' Augen blitzten gefährlich auf.
Ohne Vorwarnung zog er ein Messer
und stürzte sich auf Daniel.

«Du hast mich verraten! Du hast UNS
verraten!», schrie er.

Daniel, überrascht von dem plötzlichen
Angriff, konnte nicht rechtzeitig aus-
weichen. Das Messer traf ihn, und er
stolperte rückwärts, ein Schmerzens-
schrei entwich ihm. Blut sickerte durch
sein Hemd.

«Nein!», schrie Thomas plötzlich. «Da
wollte ich nicht!»

Er zitterte am ganzen Körper und begann zu weinen.

Sam und Peter reagierten sofort. Peter warf sich auf Thomas, rang ihm das Messer aus der Hand und drückte ihn zu Boden.

«Ruhig, Thomas! Es ist vorbei!», rief er, während er Thomas festhielt.

Dieser wehrte sich nicht, sondern schluchzte laut auf.

Sam kniete sich neben Daniel, seine Hände zitterten, als er versuchte, die Blutung zu stillen.

«Halt durch, Daniel. Es wird alles gut», sagte er, während Panik in seiner Stimme mitschwang.

Peter zog sein Handy hervor und wählte den Notruf.

«Wir brauchen einen Krankenwagen und die Polizei. Schnell!», forderte er angespannt.

Als die Polizei und der Krankenwagen eintrafen, wurde Thomas in Handschellen abgeführt. Er warf Daniel, der auf einer Trage lag, einen letzten, tränenverschleierten Blick zu, bevor er im Polizeiauto verschwand.

Sam, der neben Daniel stand, als dieser in den Krankenwagen gehoben wurde, spürte eine tiefe Sorge.

«Ich bin bei dir, Bruder», flüsterte er.

Das Krankenhauszimmer war in ein sanftes, beruhigendes Licht getaucht. Daniel lag ruhig im Bett, er sah ziemlich erschöpft aus und schlief. Sam und Peter saßen an seiner Seite, die Stille zwischen ihnen gefüllt mit ungesagten Worten.

«Er wird sich erholen», flüsterte Peter schließlich, seine Augen auf Daniel gerichtet.

Sam nickte langsam.

«Das wird er.»

Er spürte eine tiefe Dankbarkeit, dass Daniel noch lebte, vermischt mit einer schweren Last. Die Ereignisse der letzten Nacht hatten nicht nur Thomas'

Verrat ans Licht gebracht, sondern auch die tiefen Risse in ihrer eigenen Welt.

Während Daniel schlief, begannen Sam und Peter leise zu sprechen. Sie diskutierten, wie die Gang mit den Konsequenzen von Thomas' Handlungen umgehen sollte.

«Wir müssen sicherstellen, dass so etwas nie wieder passiert», sagte Sam entschieden.

Als Daniel langsam die Augen öffnete, huschte ein schwaches Lächeln über sein Gesicht.

«Danke, ihr beiden», flüsterte er heiser. «Ihr wart für mich da.»

Sam ergriff Daniels Hand, seine Gedanken überschlugen sich. «Wir sind immer für dich da, Daniel. Du bist Familie.»

Peter nickte zustimmend und sah dann Sam an, seine Augen voller unausgesprochener Fragen.

«Was jetzt, Sam? Wie geht es weiter?»

Sam spürte, wie die Worte in seinem Hals stecken blieben. Er wollte Peter von seiner wahren Identität als Journalist erzählen, doch die Worte schienen in diesem Moment unpassend. Er entschied, das Gespräch auf die Zukunft der Gang zu lenken.

«Es scheint, als ob die unmittelbare Gefahr vorüber ist», sagte Sam nachdenklich. «Aber wir müssen sicherstellen, dass so etwas nicht wieder passiert.»

«Ja», stimmte Peter zu. «Wir sollten mit Shadow sprechen und überlegen, wie wir als Gemeinschaft besser auf unsere Mitglieder achten können.»

Daniel nickte schwach. «Wir dürfen niemanden ausgrenzen. Wenn jemand Probleme hat, müssen wir da sein und Hilfe anbieten, bevor es zu spät ist.»

Die Diskussion drehte sich um Möglichkeiten, wie die Gang proaktiver auf die Bedürfnisse ihrer Mitglieder eingehen und präventive Maßnahmen einführen könnte. Sam spürte, wie sich eine Verbindung zu dieser Mission aufbaute, eine Mission, die über seine ursprünglichen Vorstellungen hinausging.

Nachdem sie das Krankenhaus verlassen hatten, bot Peter an, Sam nach Hause zu fahren. Während der Fahrt waren beide still, jeder versunken in seine eigenen Gedanken.

Als sie bei Sams Wohnung ankamen, zögerte Peter. «Möchtest du… dass ich reinkomme?», fragte er unsicher.

Sam sah Peter an, sein Herz schlug schneller. «Ja, ich möchte das», antwortete er leise.

Die Tür zu Sams Wohnung schloss sich hinter ihnen, und für einen Moment standen sie einfach da, sich gegenseitig anblickend. Dann, fast gleichzeitig, traten sie aufeinander zu, ihre Lippen trafen sich in einem zögerlichen, aber tiefen Kuss.

Die Nacht, die sie miteinander verbrachten, war voller Zärtlichkeit und Offenbarung. Es war, als ob sie nicht nur ihre Körper, sondern auch ihre Seelen teilten. In den stillen Momenten zwischen Leidenschaft und Ruhe spürte Sam, wie sich seine Gefühle für Peter vertieften.

Als der Morgen anbrach und die ersten Sonnenstrahlen durch die Fenster fielen, lag Sam wach neben Peter und beobachtete ihn beim Schlafen. Die Entscheidung, die er treffen musste – die Wahrheit über seine Identität zu offenbaren – lag schwer auf ihm.

Die ersten Strahlen des Morgens fielen durch das Fenster, als Sam, noch im Gedanken versunken, das leise Vibrieren seines Telefons spürte. Er schlich aus dem Schlafzimmer, um Peter nicht zu wecken, und nahm das Gespräch in der Küche an.

«Sam, ich habe gehört, es gab eine Messerstecherei in deinem Viertel.

Weißt du etwas darüber?», fragte Jessica drängend am anderen Ende der Leitung.

Sam blickte durch das Fenster, seine Gedanken rasten. «Ja, ich weiß davon. Aber ich habe eine größere Geschichte für dich, Jessica. Etwas, das die ganze Sicht auf die Gang verändern wird.»

«Eine Sensation?», fragte Jessica interessiert.

«Genau. Ich werde heute zu Shadow gehen und alles aufdecken. Die Gang, sie ist nicht das, was alle denken», erklärte Sam entschlossen.

Während Sam sprach, erwachte Peter und ging ins Bad. Auf dem Rückweg ins Schlafzimmer blieb sein Blick an einer Zeitung hängen, die auf dem Tisch lag. Es war ein älterer Artikel, ein Bericht über städtische Entwicklungen, doch was Peters Aufmerksamkeit erregte, war ein kleines Foto des Autors Matthew Harper.

Es war Sam.

In diesem Moment realisierte Peter, dass Sam ein Reporter war. Sein Herz begann schneller zu schlagen, während sich in seinem Kopf ein Bild des Verrats formte.

Peter hörte Sams Worte aus der Küche: «…eine Sensation… eine Schlagzeile…» Die Worte hallten in seinem Kopf wider, vermischten sich mit dem Schock der Entdeckung. Er fühlte sich betrogen, verletzt. Alles, was er über Sam zu wissen glaubte, schien sich in Luft aufzulösen.

Ohne weiter nachzudenken, ergriff Peter seine Sachen und verließ hastig die Wohnung. Er konnte nicht fassen, dass Sam, der Mann, dem er vertraut und für den er Gefühle entwickelt hatte, ihn die ganze Zeit belogen hatte.

Sam, der das Gespräch mit Jessica beendete, kehrte ins Schlafzimmer zurück, nur um festzustellen, dass Peter verschwunden war. Er bemerkte die offen liegende Zeitung und erkannte sofort, was geschehen sein musste. Verzweiflung überkam ihn. Peter hatte die Wahrheit herausgefunden – aber nicht die ganze Wahrheit.

Sam griff nach seinem Telefon, um Peter anzurufen, doch er erhielt keine Antwort.

Kapitel 8

Mit jedem Schritt, den Sam in das Innere des Hauptquartiers setzte, umhüllten ihn die lebendigen Klänge des Gang-Lebens. Stimmengewirr, das Klirren von Werkzeugen und das gelegentliche Lachen durchdrangen den Raum.

Mia, deren Augen einen Hauch von Wachsamkeit zeigten, trat mit einem knappen, aber respektvollen Nicken auf ihn zu. Ihre Bewegungen waren geschmeidig und zielgerichtet, als sie ihn durch die lebhaften Gänge führte.

«Shadow wartet auf dich», sagte sie mit einer Stimme, die sowohl Stärke als auch eine Spur von Ungewissheit trug, und deutete dann auf eine schlichte Tür am Ende des Flurs.

Sam nickte und spürte, wie sich seine Anspannung erhöhte, während er sich dem Büro näherte, hinter dessen Tür

Antworten und vielleicht auch neue Fragen auf ihn warteten.

Als Sam Shadows Büro betrat, fand er den Anführer der Gang hinter einem Berg von Papieren sitzend. Shadow blickte auf und nickte Sam zu.

«Setz dich, Sam. Wie geht es Daniel?», fragte er ernst.

Sam nahm Platz und spürte eine gewisse Erleichterung bei Shadows Frage.

«Er erholt sich. Es war knapp, aber er wird wieder gesund.»

«Das ist gut zu hören», sagte Shadow und seine Stimme trug einen Hauch von Erleichterung. «Du hast Mut bewiesen, Sam. Dank dir konnte Thomas gestoppt werden. Dafür bin ich dir dankbar.»

Sam nickte, aber seine Anspannung blieb. «Es gibt noch etwas, Shadow. Etwas, das du über mich wissen solltest.»

Shadow sah ihn direkt an, seine Augen durchdringend.

«Ich weiß, wer du bist, Sam. Du bist Reporter. Ich wusste es bereits, als du zu uns kamst.»

Sams Herz setzte für einen Moment aus.

«Du wusstest es? Warum hast du mich dann hierbleiben lassen?»

Shadow lehnte sich zurück, ein Ausdruck von Verständnis auf seinem Gesicht.

«Weil wir nichts zu verbergen haben. Ich hatte das Gefühl, dass du die Wahrheit sehen würdest, wenn du genug Zeit mit uns verbringst.»

Sam fühlte sich gleichzeitig erleichtert und überrascht. Er hatte nicht erwartet, dass Shadow von Anfang an von seiner wahren Identität wusste.

«Ich möchte einen Artikel schreiben. Über dich, über die Gang, wie sie wirklich ist.»

«Das ist gut», erwiderte Shadow. «Ich bin bereit, mit dir zu sprechen. Die Welt soll die Wahrheit über uns erfahren.»

Sam saß Shadow gegenüber, der bereit war, seine Geschichte zu erzählen. Das Büro war still, nur das leise Ticken einer Uhr war zu hören. Shadow begann zu sprechen, seine Stimme ruhig, aber durchdrungen von einer tiefen Intensität.

«Mein Leben war nicht immer so, wie du es jetzt siehst, Sam. Es gab eine Zeit, da war ich tief in kriminelle Aktivitäten verstrickt. Raub, Drogenhandel – das war mein Alltag.» Shadows Augen blickten in die Ferne, als er in Erinnerungen schwelgte.

Sam lehnte sich vor, fasziniert von der Offenheit des Gang-Anführers. «Was hat dich verändert, Shadow? Was hat dich dazu gebracht, einen anderen Weg einzuschlagen?»

Shadow seufzte.

«Es war eine Nacht, die alles veränderte. Ein Überfall, der schiefging. Ein junger Kerl, kaum älter als ein Teenager, wurde dabei getötet. Er war ein Mitglied der Gang, fast wie ein Sohn für mich. Sein Tod war ein Weckruf.»

«Ich erkannte, dass der Weg, den wir beschritten, nur in eine Richtung führte – ins Verderben. Ich wollte nicht, dass mehr junge Leben durch unsere Hände zerstört werden.» Shadow machte eine Pause, seine Augen spiegelten den Schmerz der Erinnerung.

«Also hast du die Gang verändert?», fragte Sam.

«Ja. Es war nicht einfach. Viele wollten nicht auf den neuen Weg folgen, aber ich war entschlossen. Thomas war einer davon. Er war abhängig, hat gedealt. Wir haben auf ihn eingeredet, doch irgendwann haben wir aufgegeben und ihn einfach rausgeschmissen. Vielleicht wäre deinem Bruder nichts passiert, wenn wir uns stärker um Thomas bemüht hätten. Das tut mir leid. Wir begannen, uns auf die Gemeinschaft zu konzentrieren, Hilfe anzubieten, statt Probleme zu verursachen. Auch Thomas hatten wir Hilfe angeboten, die wollte er jedoch nicht.»

«Und jetzt?»,, hakte Sam nach.

«Jetzt ist die Gang eine Kraft des Guten in der Nachbarschaft. Wir unterstützen lokale Projekte, bieten Jugendlichen Alternativen und stehen für Gerechtigkeit ein.» Shadow sah Sam direkt an. «Wir haben einen langen Weg hinter uns, aber der Weg nach vorn ist noch länger und voller Herausforderungen.»

Sam nickte, beeindruckt von der Transformation, die Shadow und die Gang durchgemacht hatten.

«Deine Geschichte ist inspirierend, Shadow. Sie zeigt, dass Veränderung möglich ist, egal wie tief man gefallen ist.»

Shadow lächelte leicht.

«Das ist die Botschaft, die ich verbreiten möchte. Dass es immer einen Weg gibt,

Dinge zum Besseren zu wenden. Und ich werde auch Thomas im Gefängnis aufsuchen. Wir werden für ihn da sein. Jeder sollte noch eine Chance bekommen, auch Thomas.»

Als Sam das Büro verließ, fühlte er sich erfüllt von einer neuen Perspektive. Die Geschichte von Shadow war nicht nur die eines Mannes, sondern auch die einer Gemeinschaft, die sich zum Besseren wandelte. Er war entschlossen, diese Geschichte in seinem Artikel zu erzählen – eine Geschichte von Hoffnung und Erlösung.

Sams erster Weg führte ihn zu Mia, in der Hoffnung, mehr über Peters Verbleib zu erfahren. Er war einerseits zufrieden damit, wie gut das Gespräch mit Shadow gelaufen war, aber er machte sich Sorgen um Peter.

«Peter war hier, kurz nachdem du zu Shadow gegangen bist», erklärte Mia. «Er wirkte aufgewühlt. Packte einige Sachen und verschwand wieder. Hat mit niemandem gesprochen, auch nicht mit mir.»

Sams Herz sank. Er dankte Mia und machte sich auf den Weg zum Krankenhaus, um Daniel zu besuchen. In der sterilen Stille des Krankenzimmers fand er einen Moment des Friedens.

«Peter ist weg, Daniel», gestand Sam, die Worte schwer auf seiner Zunge. «Ich glaube, er hat alles missverstanden. Über mich, über meinen Job… »

Daniel hörte zu, seine Augen voller Mitgefühl. «Kommunikation, Sam. Es ist der Schlüssel in jeder Beziehung. Du musst ihm die Wahrheit sagen, ihm zeigen, dass deine Gefühle echt sind.»

Sams Blick wanderte aus dem Fenster. «Ich werde einen Artikel fertigstellen, den ich begonnen habe. Über die Gang, die Wahrheit hinter ihrem Ruf. Ich hoffe, Peter liest ihn und versteht.»

«Gib nicht auf, Sam», ermutigte Daniel. «Kämpfe für das, was dir wichtig ist.»

Mit diesen Worten im Kopf kehrte Sam nach Hause zurück. Er setzte sich an seinen Schreibtisch und begann zu schreiben. Die Worte flossen aus ihm heraus, eine Mischung aus Fakten, Emotionen und seiner eigenen Erkenntnis über die Gang und Peter.

Während er schrieb, fühlte er eine Verbindung zu Peter, eine stille Hoffnung, dass Peter seine Worte lesen und die Tiefe seiner Gefühle verstehen würde. Der Artikel war mehr als nur eine Geschichte; er war ein offenes Bekenntnis, ein Appell an Peter und eine Darstellung seiner wahren Absichten.

Als der Artikel fertig war, lehnte Sam sich zurück. Er spürte eine Mischung aus Erleichterung und Anspannung. Der Artikel würde bald veröffentlicht werden, und er konnte nur hoffen, dass er Peter erreichen und ihre zerrissene Beziehung heilen würde.

Sam blickte auf das leere Bett neben sich. Die Stille der Wohnung hallte in ihm wider, gefüllt mit Erinnerungen und ungesagten Worten. Mit einem tiefen Seufzer schaltete er das Licht aus, legte sich hin und starrte an die Decke, verloren in Gedanken über die Zukunft und die Hoffnung auf Versöhnung.

Kapitel 9

Im warmen Schein des Cafés, unterbrochen vom gelegentlichen Zischen der Kaffeemaschinen und dem sanften Murmeln anderer Gäste, saßen Sam und Lena an einem abgelegenen Tisch. Sams Hände umklammerten seinen Kaffeebecher, während er sprach, seine Finger zuckten unruhig bei den schwierigeren Teilen seiner Erzählung. Lena, die ihm gegenüber saß, neigte ihren Kopf leicht zur Seite, ihre Augenbrauen zogen sich zusammen, und ihre Lippen pressten sich in Momenten besonderer Sorge zusammen.

Sie berührte gelegentlich ihre Tasse, aber ihre ganze Aufmerksamkeit lag auf Sams Worten, während er die verworrenen Fäden seiner jüngsten Erfahrungen entwirrte.

«Es tut mir leid, dass ich mich so lange nicht gemeldet habe, Lena», begann Sam. «Es ist so viel passiert.»

«Erzähl mir alles, Sam», erwiderte Lena sanft.

Sam berichtete von den Ereignissen – von seiner Beziehung zu Peter, dem Konflikt, der daraus entstanden war, und dem Artikel, den er über die Gang geschrieben hatte.

«Der Artikel ist jetzt draußen. Ich hoffe, er kann etwas bewirken. Für die Gang… und für Peter.»

Lena legte ihre Hand auf die seine. «Du hast das Richtige getan, Sam. Jetzt musst du abwarten und sehen, wie es sich entwickelt.»

Sam nickte, doch seine Augen verrieten die tiefe Sorge, die in ihm brodelte. «Ich gehe weiterhin zur Gang, unterstütze sie, wo ich kann. Aber von Peter… kein Wort.»

«Er braucht vielleicht Zeit, Sam. Zeit, um alles zu verarbeiten», sagte Lena, ihre Stimme voller Mitgefühl.

Sam seufzte.

«Ich weiß. Ich warte jeden Tag darauf, dass er auftaucht. Dass er den Artikel liest und versteht, warum ich das alles getan habe.»

«Er wird es verstehen», ermutigte ihn Lena. «Und wenn er zurückkommt, werdet ihr stärker sein als zuvor. Du musst nur geduldig sein.»

Das Gespräch zog sich noch eine Weile hin, wobei Lena Sam zuhörte und ihm Ratschläge gab. Als Sam das Café verließ, fühlte er sich etwas erleichtert, doch die Ungewissheit über Peters Verbleib und Gefühle hing weiterhin wie ein Schatten über ihm.

In den kommenden Tagen blieb Sam aktiv in der Gang, half bei verschiedenen Projekten und versuchte, nicht ständig auf sein Handy zu schauen, in der Hoffnung auf eine Nachricht von

Peter. Der Alltag in der Gang gab ihm ein Gefühl von Zweck und Gemeinschaft, doch sein Herz war unruhig.

Sam saß allein in seiner Wohnung, den Blick auf den leeren Platz im Bett neben sich gerichtet. Der Artikel hatte seine Wirkung getan, die Gang in ein neues Licht gerückt, doch die eine Person, die er am meisten erreichen wollte, war immer noch fern.

Die Stille des Raums umgab ihn, ein ständiger Begleiter seiner Gedanken und Hoffnungen auf eine Nachricht von Peter.

Kapitel 10

Im Rhythmus des ratternden Zuges verlor Peter sich in den vorbeihuschenden Feldern und Wäldern jenseits des Fensters. Seine Stirn lehnte gegen die kühle Scheibe, während ein tiefes Nachdenken seine Züge prägte. In seinen Augen spiegelte sich ein Wechselbad aus Nachdenklichkeit und Schmerz – ein stummer Zeuge der inneren Stürme, die ihn durchtobten.

Er blinzelte gelegentlich, als ob er versuchte, Gedanken zu vertreiben, die sich wie ungeladene Gäste in sein Bewusstsein drängten. Die leere Sitzfläche neben ihm betonte seine Einsamkeit, und seine Hand streifte ab und zu den Platz, als könne er dort die Präsenz von Sam spüren.

Er hatte Sam verlassen, überzeugt davon, dass er betrogen worden war.

Doch jetzt, da er allein war, quälten ihn Zweifel und Unsicherheit.

Seine Gedanken drifteten zu seiner Schwester, zu der er seit Jahren kaum Kontakt gehabt hatte. Peter erinnerte sich daran, wie er sich von seiner Familie abgewandt hatte, als er sich der Gang angeschlossen hatte. Er hatte behauptet, keine Familie mehr zu haben, aber das war nur eine Lüge gewesen, um seine eigenen Unsicherheiten und Fehler zu verbergen. Es gab da noch seine Schwester Lisa. Sie war viel älter als er und wusste früher immer alles besser. Die Jahre ohne Kontakt fühlten sich für ihn so an, als hätte er keine Familie mehr.

Als er am Haus seiner Schwester ankam, zögerte er einen Moment. Er atmete tief durch und klingelte. Sie öffnete die Tür, Überraschung und Sorge in ihrem Gesicht.

«Peter? Was machst du hier?», fragte sie.

«Ich musste dich sehen, Lisa», antwortete Peter leise. «Ich muss über einiges nachdenken… über mein Leben, meine Entscheidungen.»

Im Wohnzimmer saßen sie sich gegenüber. Peter gestand seine Zweifel und seine Kämpfe. «Ich habe mich oft gefragt, ob ich ein guter Mensch bin», sagte er. «Ich habe Fehler gemacht, Lisa. Aber ich will das ändern.»

Lisa hörte ihm zu, ihre Augen voller Mitgefühl.

«Peter, du hast immer versucht, das Richtige zu tun, auch wenn es manchmal schwer war. Du darfst dich selbst nicht so hart beurteilen. Du warst jung, als du gegangen bist. Ich hatte immer die Hoffnung, dass du eines Tages zurückkommen würdest.»

«Lisa, ich war lange nicht der Bruder, den ich hätte sein sollen», begann Peter. «Nachdem Mom und Dad gestorben sind, war ich wild und ungestüm. Danach habe ich mich in die guten

Taten der Gang vertieft, dachte, das wäre mein Platz. Ich war auch unsicher, was passieren würde, wenn ich wieder zurückkomme. Aber jetzt… hat es sich einfach richtig angefühlt. Ich hoffe, du kannst mir verzeihen.»

Lisa sah ihn freundlich an.

«Was hat dich zum Nachdenken gebracht, Peter?»

«Es gibt da jemanden… Sam», fuhr Peter fort. «Er hat mir gezeigt, dass es mehr im Leben gibt als die Gang. Aber dann habe ich herausgefunden, dass er mich belogen hat.»

«Und was willst du jetzt tun?», fragte Lisa sanft.

Peter seufzte. «Ich weiß es nicht, Lisa. Ich fühle mich betrogen. Ich dachte, er wäre anders.»

Lisa reichte ihm die Hand über den Tisch. «Menschen machen Fehler, Peter. Vielleicht braucht ihr beide ein offenes Gespräch, um die Dinge zu klären.»

«Ich habe Angst vor dem, was ich erfahren könnte», gestand Peter.

«Angst ist normal», erwiderte Lisa. «Aber sie sollte dich nicht davon abhalten, nach Antworten zu suchen. Du musst herausfinden, was für dich das Richtige ist. Du kannst auch jederzeit zu mir kommen, Peter. Du bist mein Bruder. Ich bin gern für dich da.»

Sie saßen noch eine Weile gemeinsam da, tauschten Gedanken und Erinnerungen aus. Auf dem Tisch lag eine Zeitung, und Lisa deutete darauf.

«Ist das eigentlich ,deine' Gang, über die da geschrieben wird?»

Peter nahm die Zeitung in die Hand und überflog den Bericht.

Es war Sams Artikel.

Während er las, erkannte er, was Sam wirklich getan hatte. Der Zeitungsbericht zeigte die Gang in einem neuen Licht, voller Verständnis und Positivität.

Peter spürte, wie sich sein Verständnis von Sam und seinen Absichten veränderte. Es war eine Offenbarung, die seine Sichtweise völlig umkehrte.

«Er hat es wirklich getan», murmelte Peter. «Er hat die wahre Geschichte erzählt.»

Sam hatte nicht nur über die Gang geschrieben, sondern auch ihre positiven Aspekte hervorgehoben. Peter fühlte eine Mischung aus Schuld und Hoffnung. Vielleicht hatte er Sam voreilig beurteilt.

Nachdem er sich von seiner Schwester verabschiedet hatte, war Peter entschlossen, zurückzukehren und sich mit Sam auszusprechen. Er wollte die Wahrheit erfahren und, wenn möglich, ihre Beziehung wieder aufbauen.

Kapitel 11

Peter saß im Zug, der ihn zurück in die Stadt brachte, die Zeitung fest in seinen Händen. Immer wieder las er den Artikel, den Sam geschrieben hatte – jedes Wort, jede Zeile. Mit jedem Durchlesen veränderte sich seine Sicht auf die Ereignisse, auf Sam, auf alles.

In seiner Wohnung wartete Sam, umgeben von einer Mischung aus Hoffnung und Angst. Der Artikel hatte Wellen geschlagen, doch die Reaktion, die ihm am wichtigsten war, blieb aus – die von Peter.

Als Peter schließlich vor Sams Tür stand, zitterten seine Hände leicht. Er klopfte und wartete, sein Herz pochte laut. Die Tür öffnete sich, und Sam stand da, überrascht und doch hoffnungsvoll.

«Sam, ich habe deinen Artikel gelesen», begann Peter, die Zeitung noch immer in der Hand. «Mehrmals. Und… es hat alles verändert.»

Sam sah ihn an, seine Augen suchten nach Anzeichen von Peters wahren Gefühlen.

«Ich wollte, dass du die Wahrheit siehst, Peter. Über die Gang, über mich. Ich habe nie vorgehabt, dich zu täuschen.»

Sie setzten sich und begannen ein ehrliches, tiefgehendes Gespräch. Peter teilte seine Zweifel und Ängste mit Sam, während Sam seine Beweggründe und Gefühle offenbarte. Es war ein emotionaler Austausch, der beide näher zusammenbrachte.

«Ich war blind vor Wut», gab Peter zu. «Ich dachte, du hättest mich nur ausgenutzt. Aber jetzt sehe ich, dass du mehr im Sinn hattest. Dass du die Gang wirklich verstehen wolltest.»

«Ich war mir nicht sicher, ob du jemals zurückkommen würdest», flüsterte Sam.

Peter blickte in Sams Augen, in denen er eine Mischung aus Hoffnung und Verletzlichkeit sah.

«Sam, ich…», begann Peter, seine Stimme zitterte leicht. «Ich dachte, du hast mich nur benutzt. Für deine Geschichte.»

Sam sah Peter direkt an, seine Augen voller Ernst.

«Peter, das war nie meine Absicht. Ich kam zuerst wegen der Story, das ist wahr. Aber was ich fand… was ich bei dir fand, das hat alles verändert.»

«Aber du bist ein Reporter», entgegnete Peter. «Wie kann ich wissen, dass deine Gefühle… dass alles, was du gesagt und getan hast, echt ist?»

Sam seufzte.

«Der Artikel, den ich geschrieben habe, war nicht nur Berufspflicht. Es war auch, weil ich wollte, dass die Wahrheit über die Gang ans Licht kommt. Und über uns.»

Eine Träne rann Peter über die Wange.

«Ich war so wütend, Sam. Ich fühlte mich verraten. Aber jetzt… Ich sehe, dass ich vielleicht voreilig war.»

«Ich wollte, dass die Welt die echte Geschichte hinter den Schlagzeilen sieht», erklärte Sam. «Und ich wollte dir zeigen, dass meine Gefühle für dich echt sind.»

«Meine Gefühle für dich sind auch echt», flüsterte Peter.

Er beugte sich zu Sam und küsste ihn.

Epilog

Einige Monate waren vergangen, seit Sam seinen Artikel veröffentlicht hatte. Sam hatte sich fest in der Gemeinschaft der Gang etabliert. Er war nicht mehr nur der Reporter, der von außen kam, sondern ein geschätztes Mitglied, das sich aktiv für das Wohl der Mitbürger einsetzte.

Die Gang, unter Shadows Führung, hatte weiterhin ihren positiven Einfluss in der Nachbarschaft ausgebaut. Sie organisierten soziale Projekte, halfen bei der Renovierung von Spielplätzen und boten Workshops für Jugendliche an.

Peter und Sam hatten in dieser Zeit einen ruhigen Rhythmus in ihrem gemeinsamen Leben gefunden. Sie verbrachten ihre Abende oft damit, Pläne für zukünftige Projekte zu schmieden oder einfach die Gesellschaft des anderen zu genießen.

Ihre Beziehung war eine Quelle der Stärke geworden, sowohl für sie selbst als auch für die Gemeinschaft um sie herum.

Eines Abends, als sie auf Sams Balkon saßen und den Sonnenuntergang beobachteten, reflektierte Sam über den Weg, den sie zurückgelegt hatten.

«Weißt du, Peter», sagte er leise, «ich hätte nie gedacht, dass mein Leben so eine Wendung nehmen würde.»

Peter lächelte und legte seinen Arm um Sam.

«Das Leben ist voller Überraschungen. Aber ich bin froh, dass es uns zusammengeführt hat.»

Sie blickten auf die Straßen unter ihnen, wo das Leben der Stadt pulsierte. Die Gang war nicht mehr nur eine Gruppe in den Schatten, sondern ein leuchtendes Beispiel dafür, wie Veränderung und Verständnis eine Gemeinschaft zum Besseren wandeln konnten.

In der Ferne hörten sie das Lachen von Kindern, die auf dem neu renovierten Spielplatz spielten, ein Projekt, das Sam und Peter zusammen mit der Gang ins Leben gerufen hatten. Es war ein Beweis dafür, dass, egal wie dunkel die Vergangenheit sein mag, die Zukunft immer Raum für Hoffnung und Erneuerung bietet.

«Auf uns», sagte Peter und erhob sein Glas.

«Auf uns», wiederholte Sam, und gemeinsam tranken sie auf ihre gemeinsame Zukunft und auf die Gemeinschaft, die sie liebten und unterstützten.